UN AMOUR

DE

TROMBONE

OPÉRA-COMIQUE EN UN ACTE

2ᵉ ÉDITION

Prix : 50 centimes.

CAEN

CHEZ G. PHILIPPE, IMPRIMEUR-ÉDITEUR

Rue Froide, 5

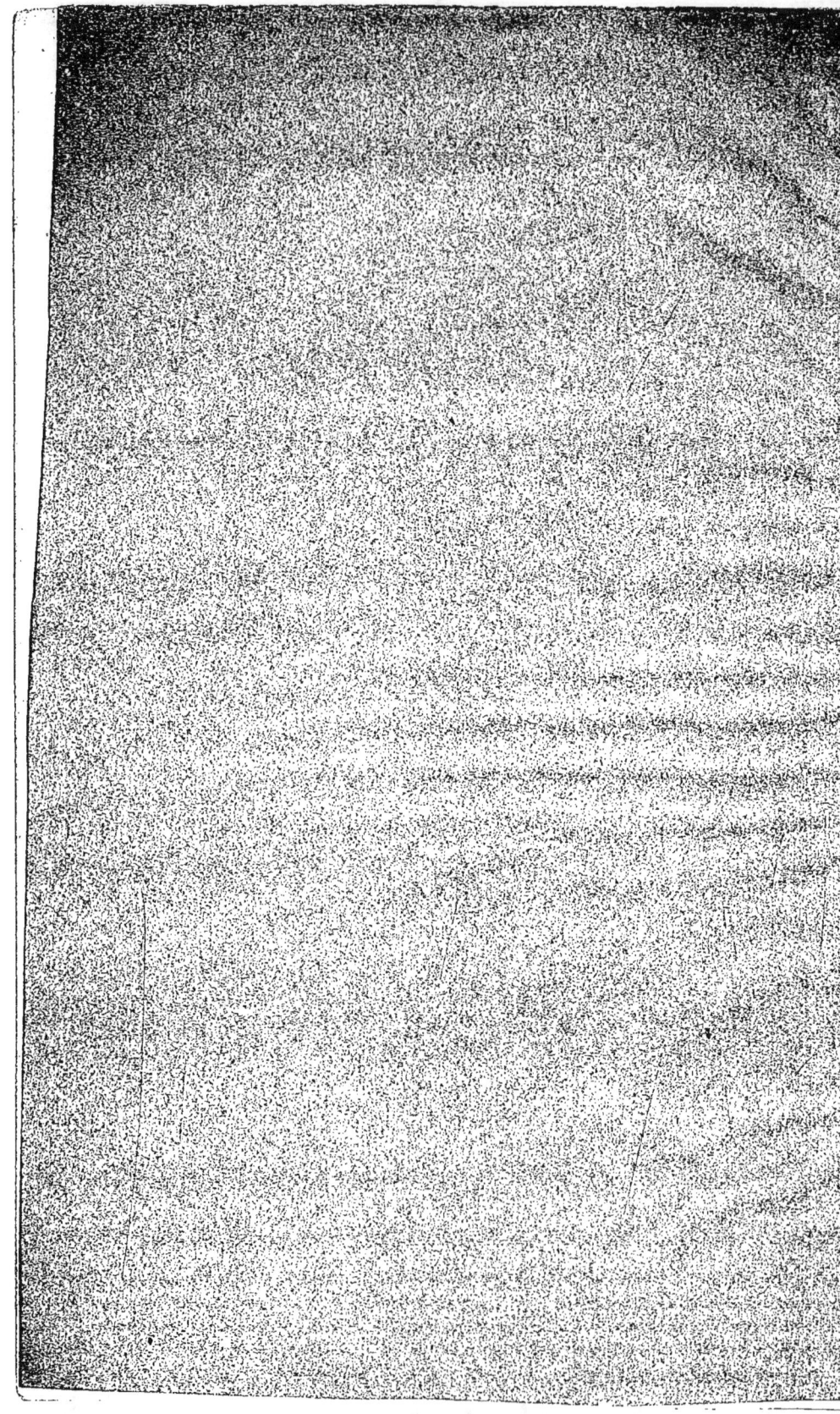

UN AMOUR

DE TROMBONE

OPÉRA-COMIQUE EN UN ACTE

Représenté, pour la première fois, à Caen, le 19 février 1863.

PERSONNAGES :

ÆNÉAS.	MM. Géraizer.
FRITZ	Cogniard.
ANASTASE.	Boulangé.
MARGUERITE	Mme Barrère.
HÉLÈNE.	Gallino.
UN NOTAIRE	M. Stainville.
CHŒUR DES ÉTUDIANTS	La Société chorale des
CHŒUR DES AVOCATS	Neustriens.

Ⓒ

UN AMOUR

DE

TROMBONE

OPÉRA-COMIQUE EN UN ACTE.

La scène se passe chez maître Ænéas, à Schniphausen, chef-lieu de la principauté allemande de Hohenzollern-Schniphausen.

PERSONNAGES :

MAITRE ÆNÉAS, maître de chapelle de S. A. le prince de Hohenzollern-Schniphausen.
FRITZ avocat, neveu de maître Ænéas.
ANASTASE, artiste attaché à la chapelle du prince.
MARGUERITE, fille de maître Ænéas.
HÉLÈNE, au service de Marguerite.
Chœur des élèves de maître Ænéas.
Chœur des avocats de Schniphausen.
Un notaire de Schniphausen.

Un salon.— Porte au fond.— Deux portes latérales, à droite et à gauche du spectateur.— Des instruments épars.— De la musique partout.

SCÉNE I.

ÆNÉAS endormi dans un fauteuil, sur le devant de la scène, un papier timbré à la main.— ANASTASE.— Chœur des élèves d'Ænéas.

Anastase, à une fenêtre, appelant du geste les élèves qui entrent en foule. Introduction et chœur d'écoliers.

LE CHŒUR à Anastase.

Que peut avoir maître Ænéas,
Et pourquoi donc ne vient-il pas ?
De notre cours l'heure se passe ;
C'est par trop négliger la classe
Où nous attendons sa leçon.
Expliquez-nous ce sans-façon.

ANASTASE montrant Ænéas endormi.

Mes amis, mon futur beau-père
Rêve sans doute en mi-bémol.
A cheval sur la clef de sol,
Il visite une haute sphère.

LE CHŒUR à Ænéas.

Allons ! allons ! maître Ænéas,
Réveillez-vous ; suivez nos pas.

1863

SCÈNE II.

Les mêmes. — HÉLÈNE accourant.

HÉLÈNE au chœur.

De grâce à ce bruit faites trève,
Voyez ses traits épanouis.
Mon maître est en plein paradis.
Ah ! laissez-le finir son rêve.

LE CHŒUR s'approchant d'Ænéas.

Ce sommeil manque d'à-propos,
Morphée, écarte tes pavots !
Mais quelle est cette paperasse
Qu'en ses doigts crispés il fracasse ?
O ciel ! c'est du papier timbré !
Le diable en ces lieux est entré !

ÆNÉAS, s'éveillant.

Vous ici, mes chers élèves ? Quel réveil charmant pour moi ! Et vous venez me rappeler l'heure de mon cours, n'est-ce pas ? Je ne l'avais pas oubliée, soyez-en sûrs. Mais, en dépit des efforts les plus obstinés, j'ai succombé, malgré moi, à la lecture opiacée d'un affreux papier timbré que voici.

(Il jette le papier sur une table.)

ANASTASE.

Un procès, maître Ænéas ?

ÆNÉAS.

Quelque chose d'approchant Ma fortune qu'on veut me prendre, si je puis appeler une fortune les 1,200 thalers de rente que je tiens précieusement en réserve pour ma fille Marguerite. Elle sera heureuse et fière, je suppose, de les partager avec toi, mon cher Anastase.

HÉLÈNE, à part.

Oui. Le choix est joli. Pauvre maîtresse !

ÆNÉAS.

De plus, je te cède mes fonctions et mon traitement de maître de chapelle à la cour du prince de Hohenzollern-Schniphausen. Vous jouirez ainsi de cette médiocrité si digne d'envie pour tous les gens de bien, pour les vrais artistes, surtout. *Aurea mediocritas*, comme on disait à Rome.

ANASTASE.

Cher maître, que de reconnaissance !... mais... ce procès ?

ÆNÉAS.

Bagatelle ! N'en prends pas, je t'en prie, plus de souci que moi-même. Le Conseil, saisi de l'affaire, saura bien rendre justice à mon droit, sans que j'aie besoin de m'en préoccuper.

ANASTASE.

Sans doute! sans doute! *(A part.)* Ce papier timbré m'agace.

ÆNÉAS.

A propos de Marguerite, je dois t'annoncer que différentes circonstances me déterminent à hâter votre bonheur commun. J'ai fixé à ce soir même la signature du contrat de mariage. Tu n'es pas fâché de cette résolution, je pense ?

ANASTASE.

Ce jour sera le plus beau de ma vie. *(A part.)* L'amour c'est beau, mais, sans les accessoires, c'est nu comme un bronze antique.

HÉLÈNE (à part).

Heureusement, nous sommes là... nous verrons bien !

ÆNÉAS, au chœur.

Permettez qu'on votre présence
Qui rend encòr ce jour plus solennel,
Je proclame l'époux que ma reconnaissance
Choisit pour conduire à l'autel
Ma fille Marguerite!
A signer au contrat, ce soir, je vous invite.

LE CHŒUR à Anastase.

(Chaque strophe chantée successivement par différentes voix).

Loin de nous la périphrase
Et les discours endormants!
Que l'amour qui vous embrase
Soit pour vous plein d'agréments!
Recevez, cher Anastase.
Nos sincères compliments.

Vous allez, dans votre extase,
Privilége des amants,
Sans craindre qu'on vous écrase,
Visiter les firmaments.
Recevez, cher Anastase,
Nos sincères compliments.

Toujours dans la même phase,
Votre lune aux doux moments
Avec le miel du Caucase
Apaisera vos tourments.
Recevez, cher Anastase,
Nos sincères compliments.

A notre tour point d'emphase!
Un léger soupçon d'encens :
Vos marmots, sans antiphrase,
Seront, comme vous, charmants.
Recevez cher Anastase,
Nos sincères compliments.

TUTTI.

Recevez, cher Anastase,
Nos sincères compliments.

ÆNÉAS, au chœur qui s'en va.

Messieurs, je vous suis à l'instant même. Veuillez préparer les pupitres, prendre l'accord... *(A Anastase)* Et toi, mon ami, cours prévenir le notaire.

ANASTASE, qui sort, après avoir serré la main d'Ænéas.

Cher maître ! l'amour va me prêter ses ailes ! Oh ! les femmes ! les femmes !

SCÈNE III.

ÆNÉAS, HÉLÈNE.

Ænéas prend son chapeau, sa canne et veut sortir.

HÉLÈNE le ramenant par le bras.

Monsieur !

ÆNÉAS.

Eh bien ! Quoi ? Qu'y a-t-il donc de si pressant à me dire ?

HÉLÈNE.

Il y a, monsieur... que ce mariage ne se fera pas.

ÆNÉAS.

Hein ? Que signifie ce langage et de quoi vous mêlez-vous ?

HÉLÈNE.

Du bonheur de Mlle Marguerite, du vôtre et de celui encore d'une autre personne que vous connaissez bien.

ÆNÉAS.

Mon neveu Fritz, peut-être ?

HÉLÈNE.

Juste !

ÆNÉAS.

Ta, ta, ta, ta ! Voyez cette péronnelle ! Hélène, je vous chasse, si vous vous permettez une fois de plus de semblables indiscrétions.

HÉLÈNE.

Chassez-moi, si vous voulez ; mais cela ne m'empêchera pas de vous dire que votre monsieur Anastase n'est pas le mari qu'il faut, et qu'il vaudrait bien mieux prendre...

ÆNÉAS.

Mon neveu Fritz, toujours ?

HÉLÈNE.

Lui-même ! Votre fils adoptif qui, depuis sa plus tendre enfance, n'a jamais quitté ni cette maison...

ÆNÉAS (en colère).

Il la quittera demain !

HÉLÈNE.

Ni mademoiselle Marguerite qu'il aime et qu'il rendra la plus heureuse des femmes. L'autre, au contraire...

ÆNÉAS.

L'autre, mademoiselle, est musicien, musicien consommé, jusqu'au bout des ongles, *unguibus et rostro*, comme on disait à Rome ; tandis que l'enfant de ma pauvre sœur (Dieu veuille avoir son âme !) est tout bonnement un avocat, c'est-à-dire, à mes yeux, quelque chose de très-bavard et de fort inutile.

HÉLÈNE.

Mais M. Fritz aussi est musicien, si ce n'est que cela !

ÆNÉAS.

Taisez-vous, ignorante ! Musicien ! Oui, musicien amateur ! La romance langoureuse ; un duettino plus ou moins juste. Musique de salon, en un mot ; merci bien ! Ce qu'il me faut à moi qui me fais vieux et qui tiens à être dignement remplacé à la chapelle du prince, ce qu'il me faut, c'est l'incarnation de la dominante, de la superflue, du point, du contre-point, de la fugue, de la mélodie, de l'harmonie, de la symphonie...

HÉLÈNE (se bouchant les oreilles).

Dieu ! quelle cacophonie !

ÆNÉAS.

Et j'ai trouvé tout cela...

SCÈNE IV.

LES MÊMES. FRITZ qui, depuis quelques instants, écoute, debout, à l'une des portes latérales.

FRITZ interrompant Ænéas.

Dans l'aimable personne de M. Anastase, n'est-ce pas, mon oncle ?

ÆNÉAS.

Ah ! tu étais là, et sans doute tu as entendu ?

FRITZ.

Tout.

ÆNÉAS.

Eh bien, mon ami, j'en suis fort aise. Cela nous évitera à tous deux l'ennui réciproque d'une conversation délicate ; d'autant mieux que... (*voulant sortir*)... je suis pressé.

FRITZ, le retenant.

(Trio).

Vous vous attendrirez.

ÆNÉAS.

Jamais! Jamais!

HÉLÈNE.

Un père.

Se montre-t-il si sévère ?

ÆNÉAS.

Un avocat !

FRITZ.

Mais enfin.

ÆNÉAS.

Non jamais.
Ne m'en parlez plus désormais.

ENSEMBLE.

HÉLÈNE.	FRITZ.
D'où peut venir cette fureur ?	D'où peut venir cette fureur?
Ne l'irritez pas, je vous prie.	Mais vraiment c'est une folie !
J'aurai raison de sa manie;	Pour satisfaire une manie,
Laissez-moi parler à son cœur.	Condamner sa fille au malheur !

ÆNÉAS.

Oh ! je sens naître ma fureur !
Vos projets sont une folie.
Voulez-vous condamner ma vie
Au désespoir, à la douleur !

ÆNÉAS.

(Solo.)

Ma fille épousera, je vous le dis tout haut,
Un bon musicien, Anastase, un confrère.
C'est un artiste qu'il lui faut
Pour qu'elle ait un destin prospère.

HÉLÈNE entraînant Fritz vers une porte latérale

Restez-là ! laissez-moi faire !

(Revenant à Ænéas.)

Cela n'est pas nécessaire.

ÆNÉAS.

C'est un artiste qu'il lui faut,
Pour que je sois heureux grand-père.
J'aurai donc de petits enfants
Musiciens jusques aux dents !
C'est une diva de six ans,
Un bambin qui chante la basse,
Puis un ténor, premier sujet ;

L'aîné jouera la contrebasse ;
Le jeune aussi tiendra l'archet,
Quelle incomparable famille !
Il faudra me donner ma fille,
Tout un orchestre au grand complet.

HÉLÈNE.

A mon tour, souffrez que j'esquisse
Le tableau dont vous jouiriez.
Ah ! quel plaisir quand vous verriez
Des bambins n'ayant que deux pieds
Jouer ensemble à la justice !...
Avec de grands bonnets au front
Qu'on enfoncera par malice
Et qui sur le nez tomberont.
Dieu ! les amusants petits drôles !
Pour des bonbons l'on plaidera,
Jugeant l'affaire à tour de rôles,
Pour des Gâteaux on parlera,
Et le juge les mangera
Que dites-vous de la peinture ?
N'est-elle pas d'après nature ?
Ce tableau vaut l'autre, ma foi !

ÆNÉAS.

Oui, pour vous, mais non pas pour moi.
Bref ! qu'on m'approuve ou qu'on en jase,
Mon gendre à moi, c'est Anastase.

FRITZ.

Mais songez-y, maître Ænéas,
Je veux que mes enfants apprennent la musique ;
Et vous pourrez, cette gloire est unique,
Mettre d'accord deux avocats.

ÆNÉAS.

Non, je n'y réussirais pas.

FRITZ, revenant en scène.

Laissez-vous attendrir ; Marguerite m'est chère.
Qu'en vous, monsieur, je trouve un second père !...

(REPRISE DE L'ENSEMBLE.)

D'où peut venir, etc...

ÆNÉAS.

Non ! mille fois non ! Ainsi, monsieur mon neveu, prenez-en votre parti. Moi, je cours à mes élèves qui s'impatientent avec raison. (Il sort précipitamment.)

SCÈNE V.

FRITZ, HÉLÈNE.

FRITZ.

Un pareil entêtement est inconcevable.

HÉLÈNE.

Ah ! monsieur, ces artistes sont tous les mêmes. Ils n'en voient pas plus long que leur clef de sol, comme ils disent. Il n'y a pas moyen de les sortir de *là*.

FRITZ.

Mais, Hélène, crois-tu donc qu'il soit impossible d'empêcher ce mariage qui, s'il se réalise, fera mon malheur et celui de Marguerite ?

HÉLÈNE.

Impossible, non ! D'abord, et depuis longtemps, le mot impossible est rayé du vocabulaire des femmes.

FRITZ.

C'est vrai : *ce que femme veut...*

HÉLÈNE.

Mais difficile, oui. Oh ! très, très, très-difficile.

FRITZ.

Hélène, ma bonne Hélène ! aide-moi, aide-nous, je t'en prie. Ma reconnaissance...

HÉLÈNE.

Ne parlons pas de cela, M. Fritz; et croyez que je ne négligerai rien... Mais tenez... Voici M. Anastase qui revient de prévenir le notaire. Rentrez vite et laissez-moi commencer le feu.

FRITZ, sortant par une porte latérale.

C'est cela, attaque vigoureusement l'ennemi.

HÉLÈNE.

Soyez tranquille. A la baïonnette, comme les zouaves !

SCÈNE VI.

HÉLÈNE mettant un peu d'ordre dans le salon.—ANASTASE.

ANASTASE.

Seule ici, Hélène ? Que je suis aise de te rencontrer! (*A part.*) Elle n'est vraiment pas mal. Oh! Les femmes! Les femmes!

HÉLÈNE, faisant la révérence.

C'est trop d'honneur, monsieur Anastase; mais pourquoi, s'il vous plaît?

ANASTASE (mystérieusement).

Pour te prier de me rendre un service.

HÉLÈNE.

Vraiment !

ANASTASE.

Oui. Je dois te dire, d'abord, que je viens de m'assurer du notaire. Mon mariage est donc affaire arrêtée pour ce soir.

HÉLÈNE.

Tiens !

ANASTASE.

Comment, tiens! Que signifie ce... tiens ?

HÉLÈNE.

Euh ! Euh !

ANASTASE.

Qu'est-ce à dire ? Aurais-je à redouter de la belle Marguerite.... un refus humiliant ?

HÉLÈNE.

Peut-être.

ANASTASE.

Comment! Un homme de ma valeur artistique ne pourrait pas se flatter d'avoir séduit ?...

HÉLÈNE.

Vous n'avez rien séduit du tout, je vous assure, au contraire.

ANASTASE.

Ah ! ça, mais quels peuvent être les motifs de cette antipathie que tu sembles indiquer ?

HÉLÈNE.

Je puis vous en faire la confidence : votre nom seul est un épouvantail.

ANASTASE.

Mon nom! quelle plaisanterie !

HÉLÈNE.

Oui, votre nom.

DUETTINO BOUFFE.

ANASTASE.

Moi ! je suis fier de mon nom d'Anastase !

HÉLÈNE.

Comment peut-on s'appeler Anastase?

ANASTASE.

Anastase est un nom brillant.

HÉLÈNE.

C'est vrai ; ça rime avec topaze.

ANASTASE.

Il a l'éclat du diamant.

HÉLÈNE.

Et la pesanteur d'une phrase.

ENSEMBLE.

HÉLÈNE.

Comment peut-on s'appeler Anastase?

ANASTASE.

Moi! je suis fier de mon nom d'Anastase!

ENSEMBLE.

HÉLÈNE.

Anastase!

ANASTASE.

Anastase!

HÉLÈNE. (*Parlé.*)

En second lieu, vous n'êtes pas beau.

ANASTASE.

Mademoiselle !

ENSEMBLE.

HÉLÈNE.

Vous êtes laid, monsieur, la chose est telle !

ANASTASE.

Je suis très-beau, fort beau, mademoiselle !

ANASTASE.

De mes yeux partent des éclairs
Brûlant, au loin, le cœur des belles.

HÉLÈNE.

Œil *rayé!* Cheveux *châtains-clairs!*
Au cosmétique, hélas ! rebelles !

ENSEMBLE.

HÉLÈNE.

Vous êtes laid, monsieur, la chose est telle.
La chose est telle !

ANASTASE.

Je me crois beau, très-beau, mademoiselle.
Mademoiselle !

HÉLÈNE. *(Parlé.)*

Enfin, vous jouez du trombone !

ANASTASE.

Ah ! le roi des instruments !

ENSEMBLE.

HÉLÈNE.

Epousez donc cet amour de trombone !

ANASTASE.

Oui ! je suis fier de jouer du trombone !

ANASTASE.

Le trombone a des sons charmants....

HÉLÈNE.

A faire fuir une lionne
Du grand désert et ses enfants.

ANASTASE.

Que dites-vous donc là, friponne ?

ENSEMBLE.

ANASTASE.

Moi ! je suis fier de jouer du trombone !
(Pon, pon, pon, pon), du trombone !

HÉLÈNE.

Epousez donc cet amour de trombone !
(Pon, pon, pon, pon), de trombone !

ANASTASE.

Allons, allons, méchante ! Sois moins hostile à ton meilleur ami. *(A part.)* En avant les grands moyens, les moyens classiques : *Ça prend toujours.* Soyons pauvres, mais grands seigneurs. *(Il lui donne une bourse et un billet.)* Voici d'abord pour toi ; puis, pour ta maîtresse, ce billet doux dans lequel je lui peins ma flamme en traits de feu... Il est impossible que Marguerite résiste à mon éloquence incandescente comme les laves de l'Etna ! *(A part.)* Je le crois bien ! c'est copié dans un roman d'un moraliste français très-apprécié, M. Paul de Kock.

HÉLÈNE, à part, regardant la bourse et riant.

Ah ! ah ! ah ! La vieille histoire de Jupiter et Danaé.

ANASTASE. *(A part.)*

Hein ? Que dit-elle de Jupiter ? Ressemblerais-je au sultan de l'Olympe ? Après tout, ce n'est que flatteur.

HÉLÈNE (même jeu).

O truc antique et solennel, je te vénère... et te saisis (Elle glisse la bourse dans sa poche.) (Haut, s'adoucissant.) Vous croyez donc au succès d'une semblable démarche ?

ANASTASE.

Si j'y crois! Ah !.. Et j'obtiendrai à coup sûr le consentement de Mᶦˡˢ Marguerite à cette union qui doit combler mes désirs (à part) et me donner 1,200 thalers de revenu, la place de maître de chapelle et une multitude incalculable d'autres douceurs. (Il se frotte les mains.)

HÉLÈNE, à part.

Oui! nous y mettrons bon ordre. (Haut.) Monsieur Anastase (minaudant), vous me confiez une mission délicate ; mais enfin, puisque vous voulez bien vous dire mon meilleur ami...

ANASTASE, à part.

Comme elle vous dit ça gentiment! Oh ! les femmes! les femmes!

HÉLÈNE.

Je consens à m'en charger.

ANASTASE.

Merci, bonne Hélène, charmante Hélène (A part.) C'est qu'elle est ravissante ; et n'était la fortune du bonhomme Ænéas, ma foi... je serais peut-être capable de plonger, tête baissée, dans le séduisant abyme du mariage de fantaisie. Allons donc !

HÉLÈNE.

Monsieur Anastase ?

ANASTASE.

Quoi ?

HÉLÈNE.

Il me vient une idée.

ANASTASE.

Vraiment ! Je n'ai pas de ces chances-là, moi. Voyons l'idée.

HÉLÈNE, se rapprochant d'Anastase.

Si, au lieu d'écrire à ma maîtresse, vous lui disiez de vive voix ce que vous ressentez. Une déclaration brûlante, entre quatre-z-yeux, comme nous voici maintenant.

ANASTASE, s'éloignant.

Ah ! ça ! c'est impossible.

HÉLÈNE.

Pourquoi donc ?

ANASTASE.

La présence d'une jolie femme m'impressionne d'une façon bizarre, indéfinissable. Ma cervelle se détraque; mon pauvre esprit déménage... l'émotion, le saisissement... que sais-je ?... Enfin, je patauge, je barbotte... Tiens, Hélène, rien qu'à causer ensemble, comme nous le faisons là, le plus innocemment du monde...

HÉLÈNE.

Eh bien ?

ANASTASE.

Eh bien ! eh bien !... (Sortant) j'aime mieux m'en aller... A bientôt, Hélène. N'oublie pas que mon sort est entre tes deux mains blanches.

HÉLÈNE.

Ma maîtresse, ce soir, vous répondra, selon l'usage : oui ou non.

(Anastase sort.)

SCÈNE VII.

HÉLÈNE.

HÉLÈNE, regardant la lettre.

Que peut-il lui dire ?... « A mon adorée ! » Voilà, j'espère, une adresse peu compromettante. A la rigueur, je pourrais prendre cette épitre-là pour moi... Pas de cachet! Rien qu'une faveur... et jaune encore... (riant) Ah! ah! ah! cher Anastase, ce choix n'est pas heureux. A sa place, j'aurais pris du vert, le symbole de l'espérance: il n'y a que lui qui ne sache pas cela. L'absence d'obstacle m'enhardit. Lisons.

(Elle ouvre la lettre.)

« O mon adorée! » Il y tient !

« Souffrez que je dépose à vos pieds mignons, avec mon cœur et ma « vie, les talents que m'a dévolus la nature, aidée en cela par notre « illustre maitre, l'incomparable Ænéas. Rendez-moi, je vous en sup- « plie, le plus fortuné des mortels, en consentant à devenir l'épouse « du plus enflammé des trombones.—Anastase. »

(Riant) Ah! ah! ah! Et je remettrais cette drôlerie grotesque à mademoiselle Marguerite. Allons donc!

(Elle déchire la lettre et jette les morceaux)

(Poussant un soupir.) Ah! pourtant... si c'était à moi qu'on adressât une demande en mariage, vint-elle de M. Anastase que je trouve si disgracieux, parce qu'il ne pense pas à moi, je ne la dédaignerais peut-être pas.

COUPLETS.

Epouser monsieur Anastase,
Au premier abord, ça déplaît.
Il n'a jamais monté Pégase;
Il est fort bête, il est très-laid.
Mais que faire aussi d'un poête
Rimaillant du soir au matin?
Moi ! je ne veux pas, c'est certain,
Qu'à mon bonheur le vers se mette.

De l'esprit! On dit, à la ronde,
Que j'en ai pour deux, et l'on rit.
Puis il n'est pas que l'autre monde
Où règnent les pauvres d'esprit.
Loin que sa laideur me chagrine,
Je me résignerais fort bien
A ne pas voir chiper mon bien
Par ma coquette de voisine.

Enfin nous ne sommes peut-être pas destinée à coiffer cette excellente sainte dont les demoiselles ont si grand effroi ; mais ce qu'il y a de positif, c'est que M. Anastase n'épousera pas ma maîtresse ou j'y perdrai tout mon latin, (imitant Ænéas) *latinum meum*.

SCÈNE VIII.

HÉLÈNE, ÆNÉAS.

ÆNÉAS entrant, sur les derniers mots d'Hélène.

Comme on disait à Rome.

(Il jette son chapeau.)

HÉLÈNE.

Dieu ! mon maître ! Heureusement, il n'aura entendu que la fin.

ÆNÉAS, se jetant dans un fauteuil.

Hélène !

HÉLÈNE.

Monsieur ?

ÆNÉAS.

Priez Marguerite de descendre.

HÉLÈNE.

J'y cours, monsieur. (A part.) Voici le moment critique. (Elle sort.)

SCÈNE IX.

ÆNÉAS seul.

ÆNÉAS.

Ouf ! quelle leçon pénible !... Si l'art musical a ses charmes, *musica me juvat*, comme on disait à Rome, il a bien aussi de rudes labeurs; car enfin.....

SCÈNE X.

ÆNÉAS MARGUERITE.

MARGUERITE, accourant à son père et l'interrompant,

Bonjour, Père.

ÆNÉAS.

Bonjour, Marguerite.

MARGUERITE.

Dieu ! comme tu sembles fatigué.

ÆNÉAS.

Tu dis vrai, ma fille. La journée a été très-pénible.

MARGUERITE.

Encore ce vilain cours, j'en suis sûre.

ÆNÉAS.

Précisément : j'en arrive.

MARGUERITE.

Heureusement, tu vas bientôt te débarrasser de ce lourd fardeau ; et M. Anastase qui te remplace.

ÆNÉAS, se levant.

Ah ! à propos de M. Anastase, tu sais que déjà nous avons souvent parlé de lui comme d'un mari...

MARGUERITE. avec tristesse.

O mon Dieu !

ÆNÉAS.

Hein ? Que dis-tu ?

MARGUERITE, baissant les yeux.

Rien, mon père.

ÆNÉAS.

Oh ! je devine : encore le petit cousin Fritz ? Mais c'est un enfantillage que cette idée là. Tu l'auras bientôt oublié, va ! Parlons d'Anastase. Des raisons particulières dont le détail serait trop long m'ont fait accepter pour toi une proposition qui nous honore, venant d'un homme de cœur, peu riche, il est vrai, assez laid, je l'avoue, mais artiste plein d'avenir. Bref, ne vous en déplaise, mademoiselle, ce soir même, le contrat, et, dans huit jours, la noce... Voilà, Marguerite, ce que j'avais à te dire. Hâte-toi donc. Va préparer ta toilette. J'ai, de mon côté, quelques dispositions à prendre. A tout à l'heure !

(Il l'embrasse au front et sort).

SCÈNE XI.

MARGUERITE

MARGUERITE, (seule).

C'était donc vrai, mon Dieu ! Sa résolution est inébranlable ; et ce dénoûment que j'avais reculé sous mille prétextes, il approche, il appro-

2

che, il est là !... Si je pouvais encore, en obéissant à mon père, arracher de mon cœur l'amour de Fritz ! mais non, cet amour, je le sens bien, me suivra jusqu'à la tombe. — Pauvre Fritz ! que va-t-il devenir?

ROMANCE.

Oh! destin trop funeste !
Oh! père trop cruel !
Hélas ! il ne nous reste
Qu'un malheur éternel !

Adieu donc la douce habitude	Adieu les jeux de notre enfance
De se revoir aux mêmes lieux ;	Douce comme un rayon de miel ;
Adieu l'aimable solitude	Chastes plaisirs dont l'innocence
Qui nous abritait sous les cieux.	Exhalait un parfum du ciel !
Je dois me soustraire à sa vue,	Les tourments que ton cœur endure,
Eviter nos doux entretiens:	Je ne peux plus les adoucir,
Mon regard répondant aux siens	Mon pauvre Fritz; pour te guérir,
Renferme un poison qui le tue.	Il faudrait cacher ma blessure.
Oh destin trop funeste. etc...	Oh ! destin trop funeste, etc.

SCÉNE XII.

MARGUERITE, FRITZ (entrant par une porte latérale).

MARGUERITE, (s'élançant vers Fritz),

Fritz ! mon ami !

FRITZ, (abattu).

Marguerite, je viens de rencontrer ton père qui m'a répété ce qu'il m'avait déjà dit tantôt. Nous n'avons plus d'espoir...

MARGUERITE.

Hélas ! j'ai tout employé pour détourner mon père de ce malheureux projet. Les prières, les larmes ont été inutiles. Il ne nous reste plus qu'à... obéir....

FRITZ.

Obéir, Marguerite ! obéir ? briser nos cœurs !

MARGUERITE.

Ecoute, Fritz : à défaut de cet amour qui, désormais, serait coupable, l'amitié, l'amitié pure et sainte tiendra nos âmes unies et nous consolera.

DUO.

MARGUERITE.	FRITZ.
Chasse enfin tes sombres pensées;	Il me semble que ce langage
Rejette au loin cette douleur.	Me rend au repos, au bonheur.
Que tes peines soient effacées	Sa voix pure calme l'orage
Par l'amitié, près d'une sœur.	Et la paix renaît dans mon cœur.

ENSEMBLE.

FRITZ ET MARGUERITE.

De notre amour la flamme éteinte
S'envole, hélas! blanche vapeur,

Pour se rallumer dans l'enceinte
Où les anges chantent en chœur.
Elance-toi, flamme chérie,
Dans cet azur que tu connais.
La terre n'est pas ta patrie,
Remonte au ciel d'où tu venais!

ENSEMBLE.

MARGUERITE.

FRITZ.

Douce amitié, soutiens sa vie
Avec tes charmes innocents.
Cet amour, il faut qu'il l'oublie.
Que son âme à la mienne unie
S'élève à Dieu comme l'encens !

L'amitié remplit d'espérance
Le cœur que glaçait l'avenir.
Elle fait aimer l'existence,
Quand, hélas! on voudrait mourir!

Douce amitié, soutiens ma vie
Avec tes charmes innocents.
Cet amour, fais que je l'oublie.
Que mon âme à la sienne unie
S'élève à Dieu comme l'encens !

Sans l'amitié point d'espérance
Et l'on doute de l'avenir.
Elle rattache à l'existence
L'infortuné qui veut mourir!

MARGUERITE.

Ainsi, tu me le promets, tu resteras près de nous.

FRITZ (lui prenant la main et détournant la tête).

Je te le promets.

MARGUERITE.

Merci, mon ami... Je te quitte... Mon père attend.
Elle sort.

SCÈNE XIII.

FRITZ, seul.

FRITZ.

Chère Marguerite! j'ai dû, malgré ma souffrance, l'abuser en feignant l'oubli d'un amour qui ne s'éteindra qu'avec ma vie... Rester ! Rester, pour assister au triomphe d'Anastase! jamais ! jamais ! Fuyons plutôt; éloignons-nous de ces lieux témoins de mon bonheur perdu.

ROMANCE.

Pour l'oublier, invoquant Dieu,
J'irai vers des régions lointaines.
De l'exil, hélas! en tout lieu,
Mon amour doublera les peines.
Marguerite, ô mon seul trésor,
Ton nom ravive mon délire.
Nos cœurs soumis au même empire,
Désunis, s'aimeront encor.

Ton image, chaste flambeau,
Suivra vers la rive étrangère
L'amant qui fuit dans un tombeau
Ta présence à mes yeux si chère.
Adieu! Mais quand je reviendrai
Près de toi, sur l'aile d'un rêve,
Ange, que ton sommeil s'achève
Dans le ciel où je t'attendrai!

SCÈNE XIV.

FRITZ, HÉLÈNE.

HÉLÈNE à Fritz qui va sortir.

Mon Dieu! monsieur Fritz, où donc allez-vous si triste et si désolé?

FRITZ.

Ma bonne Hélène, tous nos efforts ont échoué; et ce serait en vain que nous résisterions davantage. Anastase l'emporte, et comme je ne veux pas rester le témoin de sa joie...

HÉLÈNE.

Qu'allez-vous faire, monsieur Fritz?

FRITZ.

M'éloigner pour ne plus revenir.

HÉLÈNE.

Partir! (*Le mouchoir aux yeux.*) Mais c'est affreux ce que vous dites-là.

FRITZ.

Ma résolution est irrévocable. Je te charge de l'annoncer à Marguerite, ce soir, quand je serai bien loin. Dis-lui qu'en lui promettant de rester ici, j'avais trop présumé de mes forces... Adieu, Hélène. (*Se tournant vers la porte par laquelle Marguerite est sortie*): Adieu, Marguerite! Sois heureuse! (*Il sort.*)

SCÈNE XV.

HÉLÈNE.

HÉLÈNE seule, après une pause.

Allons! le bonheur et la joie sortent de cette maison! Faut-il que rien n'ait pu empêcher cette union ridicule!... Je me sens toute émue du chagrin de ces pauvres enfants qui s'aimaient si bien... Et je n'ai pas seulement le courage de disposer un peu ce salon, comme Mᵉ Æneas l'a ordonné (*Elle dispose les fauteuils et met la main sur le papier timbré oublié là par Æneas.*) Qu'est-ce que ça? A quelle langue vivante appartient cet affreux grimoire?

(*Elle essaie de lire.*)

« Au nom de Son Altesse Sérénissime le grand duc de Hohenzollern-
« Schniphausen, et cætera, et cætera.

« Assignons Mᵉ Æneas »... A'h! c'est un huissier qui parle; Messieurs les huissiers de Hohenzollern ont une façon de parler... brrr... qui vous donne le frisson.

« Assignons Mᵉ Æneas à comparaître, cejourd'hui, devant le conseil d'État, pour voir dire... » Voir dire est joli! A Schniphausen, la justice n'a pas d'oreilles. « Pour voir dire qu'il sera tenu de restituer la fortune qu'il a usurpée... »

Ah! c'est ce fameux procès dont Mᵉ Æneas parlait ce matin. Et c'est aujourd'hui, dans ce moment peut-être, que l'affaire se juge: c'est écrit là-dessus! Et mon pauvre maître qui n'a envoyé personne pour défendre ses intérêts! Mais son silence le condamnera; c'est-à-dire qu'il sera ruiné, infailliblement ruiné! Conçoit-on une semblable indifférence? Oh! ces artistes! ces artistes!... S'il avait seulement confié sa défense à M. Fritz qui gagne, dit-on, tant de belles causes... Dieu! quelle idée! (*Courant à une fenêtre*): monsieur Fritz! monsieur Fritz! Mon Dieu! il est déjà trop loin... il ne peut plus m'entendre! Vite! vite! courons à sa poursuite!...

(Elle s'élance par la porte du fond et tombe dans les bras d'Anastase qu'elle fait pirouetter, en lui disant):

Donnez vous la peine de vous assoir.

(Elle sort précipitamment.)

SCÈNE XVI,

ANASTASE.

ANASTASE seul, un énorme bouquet à la main.

Cette petite est d'une pétulance.. à déranger la cravate la plus empesée des cinq parties du monde. Oh! Les femmes! Les femmes! (*Se regardant dans la glace et se rajustant*): Eh! eh! on n'est vraiment pas trop mal, et, quoiqu'en dise Hélène, la belle Marguerite serait bien difficile, si... Allons! allons! petit fat; laisez-vous, monsieur D'ailleurs, mon poulet de tantôt avait bien son mérite. Hélène a dû le remettre à sa maîtresse, et je gagerais que, dans ce moment-ci, ma charmante fiancée est fascinée par la littérature ardente... que j'ai empruntée à M. P. de Kock qui ne le saura pas, ni Marguerite non plus, parce que les jeunes filles, ça ne lit pas de romans, vous savez: les mamans ne veulent pas.

En ce qui me concerne, je n'ai jamais pu coudre ensemble deux phrases, encore moins deux idées.

C'est très-drôle! Je suis assurément fort bien de ma personne; on me considère à juste titre comme le trombone le plus éclatant de la Confédération germanique; mais, pour ce qui est de l'esprit, je reste court, oh! très-court... Que voulez-vous? On n'est pas parfait.

On me disait bien que l'amour me viendrait plus tard et l'esprit avec lui, mais...

AIR.

L'amour n'est pas
Ce que l'on pense,
Ici, la bas,
En Chine, en France,
Où l'on vous dit,
C'est une flamme,
Qui vous remplit
Le cœur et l'âme
De rayons d'or,
De poésie,
Un vrai trésor
De mélodie;
Souffle du ciel
Chargé de myrrhe,

Rayon de miel,
Vent qui soupire.
Tout en descend,
Génie et gloire...
Voila comment
S'écrit l'histoire !

L'amour, croyez-moi,
Messieurs et mesdames,
N'a pas, sur ma foi,
D'aussi belles flammes,
On dit trop de bien
Du petit bonhomme
Qui n'est propre à rien,
Vous allez voir comme.
Maman et papa,
Couple fort honnête,
Se disaient : « Fichtrà !
« Qu'Anastase est bête !
« Lorsqu'il sera grand,
« Qu'en pourrons-nous faire?
« Un ânon tout franc,
« Affirmait mon père.
« Bah ! reprend maman
« Qui croit s'y connaître,
« Ce sera peut être
« Un garçon charmant.
« Que l'amour s'en mêle,
« Et, vous verrez ça,
« L'esprit lui viendra
« Tout plein la cervelle.
L'amour n'est pas, etc.

Or, je le crois bien,
J'aime Marguerite ;
Car je sens combien
Mon cœur bat plus vite,
Depuis que l'hymen
Qui pour nous s'apprête
M'entr'ouve un éden
Qui trouble ma tête.
J'aime bien encor,
Tout bas je l'avoue,
Le petit sac d'or
Qu'Ænéas dénoue...
Il sera le mien !
J'aime aussi ma bonne,
Mon chat et mon chien ;
J'aime mon trombone !
C'est l'amour, hélas !
Mais maman s'abuse,
Dans ma tête obtuse,
L'esprit ne vient pas,
Donc, mesdemoiselles,
L'amour, c'est certain,
Est un vrai crétin...
Coupez-lui ses ailes !
L'amour n'est pas, etc.

(*Parlé*.) Oh ! mon Dieu ! oui, je suis ainsi fait. Marguerite va paraître, et vous allez voir que je ne trouverai rien, absolument rien à lui dire.. Je l'entends . ma foi ! A défaut d'éloquence personnelle, offrons-lui ces fleurs qui, dit-on, possèdent un langage. Mon bouquet parlera pour moi.

SCÈNE XVII.

Anastase. Ænéas. Marguerite.

ÆNÉAS.

Ah ! voilà ce cher Anastase. Une impatience bien légitime lui a fait devancer l'heure Bravo ! mon ami, bravo ! un tel empressement est de bon augure pour l'avenir.

ANASTASE.

Cher maître ! (*à part*.) Qu'elle est belle ! (*Saluant Marguerite*.) Mademoiselle, souffrez que je dépose à vos pieds... c'est-à-dire sur votre cœur .. (*à part*) mais non ! c'est trop gros; on ne peut pas mettre ça à la ceinture. (*Haut*.) Permettez-moi... de vous offrir ce bouquet, cueilli par la main des grâces... (*à part*) Ah ! mon Dieu ! Qu'est-ce que je dis là ! (*Haut*) . Je veux dire votre très-humble et très-obéissant serviteur. (*A part*.) La phrase n'est pas neuve, mais elle produit toujours de l'effet...

MARGUERITE (riant).

Ah ! ah! ah ! Mais, monsieur Anastase, que voulez-vous que je fasse de ce... paquet ?

ANASTASE (à part).

Paquet ! Elle a dit paquet !

ÆNEAS (riant aussi).

Mais elle a raison, mon garçon ; ces fleurs sont très-mal agencées, sans harmonie, sans esprit.

ANASTASE (à part).

Bon ! sans esprit. Ton bouquet n'en a pas plus que toi, mon pauvre Anastase.

TERZETTINO.

ÆNÉAS ET MARGUERITE.	ANASTASE.
Quel bouquet !	Mon bouquet
Quel paquet !	Un paquet !
C'est bizarre	Des fleurs rares...
Et barbare.	Les barbares !
De sainfoin	De sainfoin
Et de foin	Et de foin
Cette botte	Une botte !
Ne dénote	Ca dénote
Point du tout	Peu de goût ;
De bon goût.	Voilà tout.
C'est horrible	Je modère
Et risible.	Ma colère.
Quel bouquet !	Mon bouquet
Quel paquet !...	Un paquet !

SCÈNE XVIII.

Les mêmes.—HÉLÈNE accourant.

HÉLÈNE.

Monsieur ! Monsieur !
(Elle se jette dans un fauteuil).

ÆNÉAS.

Eh bien ! Qu'y a-t-il donc et qui cause cet émoi, ces airs effarouchés ?

HÉLÈNE (feignant de sangloter).

Ah! monsieur ! mon cher maître, mon bon maître, mon pauvre maître !...

ÆNÉAS.

Mais enfin, qu'as-tu donc ? Parleras-tu ?

MARGUERITE.

Qu'est-il donc arrivé, Hélène ? Parle vite, je t'en prie.

HÉLÈNE (toujours sanglotant).

Ah! ma pauvre maîtresse! Quelle catastrophe!

ÆNÉAS.

Mais, au nom du ciel, que signifient ces jérémiades? Explique-nous..

HÉLÈNE (l'interrompant).

Eh bien!... vous avez perdu votre fortune!.. Il n'est bruit par la ville que d'un procès qui vient de se terminer tout à l'heure et qui vous enlève tout votre bien.

MARGUERITE.

Est-ce donc vrai, Hélène?

HÉLÈNE.

Oui, ma chère maîtresse! cette maison n'est plus à vous. Ce jardin, ces frais ombrages que vous aimiez tant, vous et M. Fritz, il va falloir les quitter.

MARGUERITE.

Fritz, dis-tu? mais où est-il donc, Hélène? Nous aurait-il abandonnés dans cette fâcheuse circonstance?

HÉLÈNE.

Eh! mademoiselle, M. Fritz ignorait ce procès. Si on l'eût chargé de votre défense, le malheur eût été évité; mais M. Fritz est parti tantôt.

MARGUERITE.

Parti?

HÉLÈNE.

Pour ne plus revenir.

MARGUERITE.

Grand Dieu!

ANASTASE (à part).

Diable! diable! Le papier timbré de tantôt!... Ça se gâte. Il m'est avis que les choses s'embrouillent. Une éclipse momentanée me semble de saison. (Regardant Marguerite.) Et pourtant.. qu'elle est belle!..

(Il sort sans être vu, excepté par Hélène.)

SCÈNE XIX.

Les mêmes moins Anastase.

ÆNÉAS.

Ne voilà-t-il pas un si grand malheur? Eh bien! nous quitterons ce toit, ce jardin, ces ombrages; mais nous emporterons avec nous l'amour de l'art, la plus précieuse de toutes les fortunes, *omnia mecum porto*, comme on disait à Rome. Quant à monsieur mon neveu, sa fuite précipitée, dans un pareil moment, justifie le choix que j'ai fait de ce cher Anastase, qui ne nous abandonnera pas, j'en suis certain. N'est-ce pas *(se tournant du côté où était Anastase)*, A.. nas...tase?... Tiens! disparu! Ah! ça, mais... tout le monde déserte donc ma maison, parce que le malheur y entre?

HÉLÈNE, riant aux éclats.

Ah! ah! ah! ah!

ÆNÉAS.

Que signifie, je vous prie, cette hilarité intempestive?

HÉLÈNE, riant toujours.

Ah! ah! ah!...

MARGUERITE.

Mais enfin, Hélène?...

HÉLÈNE, riant toujours.

Je ris... je ris... de ce cher M. Anastase, déménageant avec son bouquet, sans tambour ni trompettes, effrayés qu'ils sont tous les deux de ma plaisanterie...

ÆNÉAS.

Comment ce procès perdu?

MARGUERITE.

Ce départ de Fritz?

HÉLÈNE, à Æuéas.

Ce procès est gagné par Fritz *(à Marguerite)* qui n'est pas parti du tout, lorsqu'il a su par moi qu'il pouvait vous être utile.

MARGUERITE.

Oh! quel bonheur! Merci, mon Dieu!

ÆNÉAS, à Hélène.

Mais enfin, mademoiselle, me direz-vous l'à-propos d'une pareille mystification?

HÉLÈNE.

Voici. J'ai voulu vous montrer l'impression que produirait sur M. Anastase la perte simulée de cette fortune qu'il devait si bien partager avec Mlle Marguerite; et je crois avoir passablement réussi, qu'en dites-vous? (Riant.) Ah! ah! ah! Je ne puis y penser sans rire! Cet homme, ce bouquet, l'un portant l'autre! c'était fort drôle! Ah! ah! ah! ah?

ÆNÉAS.

Effectivement, je commence à croire que... je faisais fausse route.

MARGUERITE, (joyeuse.)

Mon bon père !

HÉLÈNE.

Enfin !... ce n'est pas sans mal.

ÆNÉAS.

Et mon neveu Fritz ..

HÉLÈNE.

Sera votre gendre, c'est entendu. (*allant à une fenêtre*). Justement, je l'aperçois revenant entouré de ses amis qui ont voulu l'accompagner pour prendre leur part de votre joie et de la sienne.

ÆNÉAS, (se mettant à la fenêtre.)

C'est vrai. Viens donc voir, Marguerite.

MARGUERITE, (à la fenêtre.)

C'est lui ! c'est bien lui !

HÉLÈNE.

Ses amis n'ont-ils pas l'air de le porter en triomphe?

ÆNÉAS (revenant en scène.)

Précisément! comme on faisait à Rome. Seulement, ça ne va pas en mesure.

SCÈNE XX.

Les mêmes. Chœur d'Avocats.

LE CHŒUR.

Nous venons célébrer, en ces lieux,
Le triomphe de la parole.
Chantons tous: de nos accents joyeux
Que jusqu'au ciel l'écho s'envole
Et réjouisse nos aïeux!

MARGUERITE.

Merci, merci de votre joie
Qui nous ramène le bonheur.
Soyez bénis! Dieu vous envoie
Et devant vous fuit la douleur.

LE CHŒUR.

Fritz nous suit, à l'instant!

MARGUERITE, à part.

Qui donc l'arrête, hélas!

LE CŒUR, à Ænéas.

Salut à vous, maitre Ænéas.

MARGUERITE, au Chœur.

De Dieu la bonté souveraine
Sur notre toit veut descendre en ce jour.
Mon père agréant notre amour
Permet qu'à Fritz l'hymen m'enchaîne.
Chassons les pleurs de ce séjour!
Ah! puisqu'à Fritz l'hymen m'enchaîne,
Chassons les pleurs et sans retour!

LE CHŒUR.

Vivat! Pour Fritz la douce chaîne!

MARGUERITE.

Chassons les pleurs et sans retour.

LE CHŒUR.

Non! plus de pleurs en ce séjour.

REPRISE:

Célébrons, célébrons en ces lieux, etc...

SCÈNE XXI.

LES MÊMES. FRITZ dont la ritournelle de son air annonce l'arrivée.

Chantons, amis, notre victoire!
Un défenseur! Le bel état!
Nous connaissons aussi la gloire,
Chacun de nous est un soldat.
 La parole
 Qui s'envole,
 C'est l'éclair
 Qui fend l'air.
 D'un ciel sombre
 Et plein d'ombre
 Faisant voir
 Au fond noir.
Oui! notre vie est un combat.
Ah! que de gloire et que d'éclat!

C'est une femme qu'on protége;
C'est un pauvre que l'on défend;
Ce sont des peines qu'on abrége;
C'est la tête d'un innocent
Qu'à l'accusateur qui l'assiége
 On arrache par son talent.
 Le magnifique privilége!
Dieu! quel bonheur d'être éloquent!
Chantons, amis, etc...

ÆNÉAS (prenant les mains de Fritz).

Effectivement, mon ami, je commence à m'apercevoir que j'ai dit beaucoup trop de mal d'une profession utile et noble comme la tienne. Je t'en fais des excuses publiques. Quant à la récompense (*unissant les mains de Fritz et de Marguerite*), la voici. Elle est digne de toi. Soyez unis, mes enfants, et pardonnez à votre père le chagrin qu'il vous a causé : un sot amour-propre m'avait fait croire que mon art seul donnait le bonheur et qu'il avait le monopole des grands sentiments, des bonnes aspirations. Je reconnais mon erreur et je la répare.

HÉLÈNE.

C'est ça, monsieur. Erreur n'est pas compte.

MARGUERITE.

Bon père !

FRITZ.

Excellent oncle !

QUATUOR.

MARGUERITE ET FRITZ.	HÉLÈNE ET ÆNÉAS.
Le bonheur n'est pas un mensonge :	Le bonheur n'est pas un mensonge :
Voici nos beaux jours revenus.	Voici les beaux jours revenus.
Notre douleur n'était qu'un songe :	Oui, leur douleur n'était qu'un songe:
Dieu ne veut pas qu'il se prolonge,	Dieu ne veut pas qu'il se prolonge,
Car nos vœux lui sont parvenus	Car leurs vœux lui sont parvenus,
Et dans les cœurs son regard plonge.	Et dans les cœurs son regard plonge.
Beaux jours, soyez les bienvenus!	Beaux jours, soyez les bienvenus!

LE CHŒUR

Oui, qu'en ces lieux à la souffrance
Succède enfin le vrai bonheur!
Les cœurs ouverts à l'espérance
Seront fermés à la douleur.

Que, sans cesse,
L'allégresse,
En accents
Éclatants,
Strophe ardente,
Monte et chante,
Dans les cieux
Radieux

Dieu qui ramène les beaux jours
Protégeait, d'en haut, leurs amours.

SCÈNE XXII.

Les mêmes.—Anastase.—Le Notaire.

ÆNÉAS.

Ah ! voici le notaire. Parbleu, monsieur le tabellion, vous arrivez fort à propos.

ANASTASE.

Maître Ænéas, j'ai l'honneur de vous présenter monsieur, que je suis allé prévenir ce matin, d'après vos ordres.

ÆNÉAS à Anastase.

Très-bien, mon ami; fort bien. (*Au notaire.*) Monsieur, veuillez vous asseoir et nous rédiger le contrat en question.

ANASTASE, à part.

S'éloigner, quand vient l'orage,
Revenir au ciel serein ;
Cette maxime est fort sage :
Je la tiens de mon parrain.

LE NOTAIRE s'asseyant à une table qu'on apporte.

Tout est prêt, monsieur. Il n'y a plus qu'à lire et signer.

ÆNÉAS.

Parfait! Lisez, monsieur, nous signerons ensuite.

LE NOTAIRE, lisant.

« Entre Mlle Marguerite.. , etc..., etc..., d'une part...; et, d'autre part, M. Anastase...

ÆNÉAS (interrompant le notaire).

Pardon Il y a ici un léger changement à introduire : Rayez Anastase et écrivez Fritz.

ANASTASE.

Fritz ! Que signifie... ?

ÆNÉAS.

Cela signifie, mon garçon, que tout à l'heure, tandis que tu allais prendre l'air, sous l'influence d'une émotion bien légitime, un autre prenait ta place à mon foyer.

(Riant).

Que veux tu ? C'est ainsi que cela se pratique. Les absents ont toujours tort.

MARGUERITE.

Mon père, au nom de notre bonheur, pardonne-lui, je t'en prie. Tu sais qu'au fond, M. Anastase a d'excellentes qualités.

(A Hélène avec intention.

N'est-ce pas, Hélène ?

HÉLÈNE (baissant les yeux).

Mademoiselle !

ANASTASE (à part).

Des qualités ! Je le crois bien que j'ai des qualités. Beaucoup de qualités même.

ÆNÉAS.

Vous avez raison. Ne ternissons pas l'éclat d'un aussi beau jour; et n'ajoutons pas d'ombre à ce tableau qui me charme.

(A Anastase.)

Mon ami, grâce aux prières de mes enfants ;

(Lentement et avec finesse.)

grâce peut-être au trouble d'Hélène, je te pardonne.

ANASTASE. (prenant les mains d'Ænéas)·

Ah! merci, maître. Tenez, j'aime mieux ça. J'eusse été contrarié de perdre votre affection. Depuis tant d'années que nous battons la mesure ensemble.. On finit par emboîter le pas, et ça vous semble drôle ensuite de marcher tout seul, comme un caniche malade que chacun repousse du pied.

ÆNÉAS.

Rassure-toi ; tu ne resteras pas isolé dans ce monde. D'abord, je t'ai promis ma place de maître de chapelle. Je te renouvelle cette promesse, mais à une condition.

ANASTASE.

Je les accepte toutes.

ÆNÉAS.

Oh! ma condition n'est pas dure. Tu vas épouser Hélène, voilà tout.

ANASTASE.

Eh bien! .. ça va!... (*à part.*) Au fait, j'achève ainsi la copie du roman. O Paul de Kock, bénissez-moi, grande ombre! (*A Ænéas*). Mais, mon cher maître, pensez-vous qu'Hélène ?...

ÆNÉAS l'interrompant.

Consente à cette union ! Peut-être. (*A Hélène.*) Qu'en dites-vous, Mlle Hélène ?

HÉLÈNE à Anastase (maestoso).

Monsieur Anastase, je daigne accepter votre main. Voici la mienne.

ANASTASE, prenant la main d'Hélène.

C'était ma première idée.

FRITZ.

C'est toujours *la bonne.*

ANASTASE.

Oh ! un calembourg !... (*Bas à Hélène*) Mais... et mon poulet!

HÉLÈNE.

Votre poulet !

ANASTASE.

Oui, mon poulet !

HÉLÈNE.

Rendu à son adresse.

ANASTASE.

Quoi ! mademoiselle Marguerite ?

HÉLÈNE.

Mais non ; je l'ai gardé pour moi.

ANASTASE.

Mais ce n'était pas son adresse.

HÉLÈNE.

Mais si !

ANASTASE.

Mais non !

HÉLÈNE.

Je vous dis que si !

ANASTASE.

Alors, je ne comprends pas...

HÉLÈNE.

En ménage, ça n'est pas nécessaire.

ÆNÉAS au notaire.

Monsieur le notaire, deux contrats pour quatre, s'il vous plaît !

ANASTASE à Hélène.

C'est égal, je commets là, j'en ai peur, ce qui s'appelle une mésalliance...

TOUS, excepté Anastase et Hélène.

Une mésalliance !... Allons donc !...

HÉLÈNE à Anastase.

Mésalliance ! Qué qu'c'est qu'ça ? Vieux mot creux, locution fossile éditée, avant le déluge, par les bergers vexés, quand les rois épousaient les bergères !...

ANASTASE

Tout ce que vous voudrez... N'empêche que la crainte de l'opinion publique...

HÉLÈNE, interrompant Anastase.

Le public ! Eh bien ! consultons-le. J'en suis persuadée, à l'avance,
il est trop aimable pour nous refuser son consentement.

ANASTASE.

Encore une idée, et la meilleure de toutes ! Si, au moins, j'avais eu
celle-là ! Oh ! les femmes ! les femmes !

ANASTASE ET HÉLÈNE (au public),
ENSEMBLE.

Donnez-moi votre suffrage ;
Ne soyez pas inhumains,

LE CHŒUR.

Donnons-leur notre suffrage,
Ne soyons pas inhumains,

ANASTASE ET HÉLÈNE.

Parafez mon mariage
Des deux mains, des deux mains !

LE CHŒUR.

Parafons ce mariage,
Des deux mains, des deux mains !

REFRAIN.

Amis, fêtons sans attendre à demain
Fêtons ce doux hymen.

FIN.

Caen, imprimerie G. Philippe, rue Froide 5.

359

.